마음 수련

1일 5분, 100일 수련으로 인생을 바꾼다

마음수련

초판 1쇄 인쇄_ 2009년 12월 20일 | **초판 1쇄 발행**_ 2009년 12월 26일
지은이_조병묵 · 조동환 | **펴낸이**_진성옥 · 오광수 | **펴낸곳**_꿈과희망
디자인 · 편집_김창숙, 박희진 | **마케팅**_김진용 | **인쇄**_보련각
주소_서울특별시 용산구 원효로 1가 112-4 디아뜨센트럴 217
전화_02)2681-2832 | **팩스**_02)943-0935 | **출판등록**_제1-3077호
http://www.dreamnhope.com| e-mail_ jinsungok@empal.com
ISBN_978-89-90790-93-4 03810 | **값** 4,000원

영원히 살 것처럼 노력하고 너만의 인생을 가져라!

마음 수련

1일 5분, 100일 수련으로
인생을 바꾼다

조병묵 · 조동환 공저

『내 인생을 바꾼 아버지의 한 마디』를 준비하면서 재미있게 쓰려고 노력했지만 쉽지 않았습니다.

하지만 우리는 재미있는 것만 읽을 수는 없습니다. 좋은 약은 입에 쓰지만 먹어야 병이 낫는 것과 같이 재미가 없어도 반드시 알아야 하고 공부해야 할 것이 있습니다.

이 책은 마음수련을 보다 쉽게 실천할 수 있도록 간추려서 간단하게 만들다 보니 이해하기에 무리한 부분을 도움말로 보충하려고 하였습니다.

좀 더 깊이 있고 풍부한 내용은 『내 인생을 바꾼 아버지의 한 마디』를 참고해 주기 바랍니다.

유태인들은 아침에 일하러 가기 전에 탈무드를 공부하고 또 시간이 날 때마다 공부한다고 합니다. 20권(약 12,000쪽)의 탈무드 중에서 한 권만 보아도 축하 파티를 합니다.

이렇게 탈무드를 중요하게 생각하고 공부하는 유태인이니까 뛰어난 민족이 된 것입니다. 저절로 된 것이 아니라는 것을 강조하고 싶습니다.

이 책은 탈무드에 비하면 부족하고 분량이 적게 만들었습니다.

인간답게 살기 위해서 최소한 이 정도는 필요하다는 생각입니다.

문장 하나하나에 의미를 두고 토론하고, 하루에 5~10분 정도 가족들과 서로 이야기 한다면 100번이 될 것이고, 그 후 자신이 달라져 있는 모습을 스스로 발견하게 될 것입니다.

사람의 인성은 어려서부터 작은 습관들이 쌓여 이루어진 것입니다. 그러므로 이 프로그램을 여러 번 되풀이 하면 한 알의 쌀알들이 모여 곳간을 채우는 경험을 하게 될 것입니다.

가치관이나 태도, 흥미, 습관, 그리고 성격이 형성되는 정의적인 영역의 지식 습득은 감수 반응, 가치화, 조직화, 생활화(인격화)와 같은 복잡한 단계를 거쳐 자신의 것이 될 것입니다.

이 책을 활용하고 품위 있는 생활에 조금이라도 도움이 되기를 기원합니다.

Ⅲ 예절 교육, 이 정도는 필요하다

Ⅳ 가문의 수신 _깊은 나무는 바람에 흔들리지 않는다

I

어떻게 살아야 하는가

인간답게 살려면
삶의 원칙이나 철학을 갖고 살아라

| 서언 |

어항 속에서 물고기가 헤엄치는 것을 보고 발버둥치는 것으로 착각한 원숭이가 물고기를 구해야 된다는 생각에 물고기를 어항 밖으로 꺼내주었습니다. 물론 물고기는 죽고 말았습니다.

물고기는 물을 떠나서 살 수 없다는 것을 원숭이는 모릅니다. 우리도 원숭이와 비슷한 삶을 사는 건 아닐까요?

유태인이나 명문가 또는 성공한 사람들의 공통점은 삶의 지침이나 원칙, 신념, 철학이 있다는 것입니다.

그렇다면 자신도 나름대로 삶의 원칙이나 철학을 갖고 살아야 되겠네요.

사람이 효도를 한다는 것은 당연한 것이다. (철학)
당연한 효행을 어떻게 할 것인가에 관하여 몇 가지 원칙을 갖고 산다
면 갈등이나 망설임 없이 살 수 있다.

효행의 원칙
- 부모님을 한 달에 한 번 이상 찾아뵙는다.
- 부모님께 하루에 한 번 이상 전화를 드린다.
- 부모님께 매월 용돈을 드린다.
- 어떤 경우라도 부모님을 부드럽게 모신다.
- 자신의 좋은 일을 부모님과 함께 나눈다.
- 형제 자매 사이에 우애 있는 언행을 부모님께 보여 드린다.
  (형제 자매 사이에 서로 시기하고 미워하는 것은 큰 불효이다.)

또한 살아가는 데에 있어 중요한 일에는 철학과 원칙을 갖고 살면 수
준 높은 멋진 삶이 될 것이다.

어떤 삶이 바람직한 삶일까

| Ⅰ-2 어떻게 사는 것이 바람직한 삶일까 |

바람직한 인간상

주체성을 가진 한국인 - 한국인이 되라
인간적 주체성을 가진 자율인 - 주인으로 살아라
공동체 의식을 가진 사회인 - 함께 더불어 살아라
끊임없이 학습하는 발전인 - 평생교육을 하라

도움말

바람직한 인간상은 이의를 제기하지 말고 자신이 살아가야 할 방향으로 설정했으면 한다. (철학과 이념)

인간상에 대하여 토론하고 생각하여 나름대로의 구체적인 실천 항목이 있어야 한다.

- 왜 한국인이 되어야 하는가?
- 왜 주인으로 살아야 하는가?
- 왜 함께 더불어 살아야 하는가?
- 왜 평생교육을 해야 되는가?

바람직한 삶의 조건에 충실하라

| Ⅰ-3 바람직한 삶의 조건 |

첫째, 평생 동안 공부에 힘써야 합니다.

공부에 힘써야 사물의 이치를 잘 알 수 있고 합리적인 판단
을 할 수 있습니다.

인간답게 살기 위해서 가장 중요한 것이 공부입니다.

그래서 선각자들이 가장 강조했던 것이 학문인가 봅니다.

둘째, 예술은 필수입니다.

예술은 인간만이 가진 특성입니다.

수준 높은 삶을 원한다면 예술을 해야지요.

셋째, 조화로운 삶을 살아야 합니다.

사람은 사회적 동물로 함께 더불어 조화롭게 살아야 성공적
인 삶을 살 수 있습니다.

도움말

콘서트나 예술품 전시회를 보며 흐뭇하고 즐거워하는 사람을 보면 참
부럽다.

예술을 즐기는 것은 인간만이 가진 특권이다. 이 특권을 포기하지 말
고 어려서부터 공부하고 관심을 가져야 한다.

사람은 혼자만이 사는 게 아니라 함께 조화로운 삶을 살아야 한다. 그
러므로 어려서부터 배우고 수련해야 한다.

특히 기나 긴 인생을 살아가는 동안 공부도 중요하지만 예술이나 조화
로운 삶도 중요하다.

지식의 표현 방법을 적절하게 하라

| I I −5 어린 아이들에게 어떻게 가르칠까 |

브루너(Bruner)의 표현 방법을 보면 다음과 같습니다.

1. **작동적 표현**(1~6세) 실제 행함으로써 어떤 원리와 기본 개념을 이해하는 것이다. 예를 들어 어린이들이 실제로 시소를 타게 함으로써「천칭의 원리」를 이해하게 하는 것이다.

2. **영상적 표현**(7~11세)「천칭의 원리」에서 천칭의 모형이나 그림을 통해서 이 원리를 이해하는 단계이다.

3. **상징적 표현**(12세 이상)「천칭의 원리」를 힘×거리=「힘」×「거리」라는 공식이나 언어를 써서 이해하는 것이다.

위의 3단계의 표현 방법을 나이에 따라 사용하면 효과적인 대화가 될 것입니다.

"어떤 발달 단계의 어떤 아동에게도 표현 방법의 수준만 학생에게 맞추면 지식의 구조를 이해시킬 수 있다는 것이 브루너의 주장입니다.

도움말

말을 잘하는 사람을 보면 참 부럽다. 그런데 말을 잘하는 것은 저절로 잘하는 것이 아니다. 그것은 타고나는 것이 아니라 후천적이라는 것이다. 평상시에 상대방의 수준에 맞는 대화를 하는 습관을 가지면 좋겠다.

목표를 세우고 도전하라

| Ⅰ-6 로고테라피 |

「로고테라피」– 삶에 의미를 지향하는 의지, 빅터 프랭클은 『죽음의 수용소』에서 로고테라피를 잘 설명해 주고 있습니다.

목표(꿈)를 세우고 달성하는 데에서 즐거움을 느끼며 다음 목표에 도전하는 것이 삶이지요. 멋진 삶은 계속 도전하는 것입니다.

도움말

인간은 부족을 느끼는 동물이다. 해탈의 경지에 도달해도 잠시 뿐이고 또 무엇인가를 갈망한다.
따라서 우리는 자신에게 맞는 목표를 세워 계속 도전하는 삶을 살아야 한다.

진심으로 사랑하라

| | | –8 사랑은 |

사랑하는 방법은 진실로 중요합니다.

사랑은……

오래 참고 온유하며 투기하지 아니하며

자랑하지 아니하며 교만하지 않고 무례히 행치 아니하며

자기의 유익을 구치 아니하며 악한 것을 생각하지 아니하며

불의를 기뻐하지 아니하며 모든 것을 믿으며

모든 것을 바라며 모든 것을 견디느니라.

믿음, 소망, 사랑 이 세 가지는 항상 있을 것인데, 그 중에 제일은 사랑이라.(사랑은 믿음과 소망의 근거가 되기 때문에 그 중에 제일은 사랑이다.)

도움말

야구 경기에서 진 편의 선수들이 이긴 편의 선수들을 진심으로 축하해
줄 수 있는 수준(속마음으로)이 된 것은 진정한 사랑을 아는 사람이다.

위의 것은 누구나 다 아는 것이다. 그렇지만 구체적으로 하나하나 실
천하는 경우를 별로 보지 못했다.
그래서 실천에 의미를 두고 싶다.
사랑하는 방법의 항목 하나하나가 중요하며 교만하지 않고, 자기의 이
익을 구하지 않는다 등 모두 많은 수련을 쌓아야 한다.
하루아침에 되는 것이 아니다. 어려서부터 생활화해야 한다.

7일

| 돈의 철학 |
원칙이 있어야 한다

| | −9 돈의 철학 |

원칙 : 「자신의 생계는 자기가 번 돈으로 해결한다」

　부모들의 부유한 재산은 자식들을 무책임하고 무능력, 무도
덕하게 만드는 잠재적 힘을 가지고 있습니다.

도움말

분가해서 부모에게 의지하지 않고 자신의 생계를 해결한다는 금전의
원칙은 대단히 중요하다.
누구나 다 아는 것이지만 자신의 원칙이 없다면 자주 부모에게 의지하
고 싶은 것은 어쩔 수 없다. 그래서 철학과 원칙을 가지고 살아야 한다.
그렇지만 자식의 모자람을 부모가 도와주는 것은 사랑으로 보는 지혜
도 필요하다. 도를 넘는 것은 절대로 안 된다.

21

| 돈의 철학 |
록펠러 가문의 금전 교육을 배워라

| Ⅰ-9 돈의 철학 |

아버지의 재산은 나와는 상관없는 아버지의 재산이다.

친구와 나는 하나도 다르지 않다.

도움말

록펠러 가문의 금전 교육은 다 아는 것이다. 여기에서 논의하는 이유
는 내용은 잘 알지만 실천하는 것이 어렵기 때문이다.

구체적으로 예를 들어 이야기해 보자.
부모의 재산에 의지해서 실패한 인생, 부모를 살인한 경우 등 부모의
돈으로 20대의 청년이 외제 승용차를 타고 고급술을 자주 먹는 것 등.
이런 사람의 미래가 어떻게 전개될까?

| 돈의 철학 |
용돈은 정기적으로 받아라

| Ⅰ-9 돈의 철학 |

용돈은 정기적으로 지급받아 자신의 책임 하에 관리해 합리적인 관리 능력을 배워야 합니다.

도움말

살림살이를 합리적으로 관리하는 것은 쉽지 않은 것이다.
그래서 어려서부터 용돈을 정기적으로 주고 관리하는 것을 가르치고 배우자는 것이다. 용돈 기입장, 계획서 등등.

| 돈의 철학 |
부모의 돈으로 고가품을 사서는 안 된다

| Ⅰ-9 돈의 철학 |

"아이가 갖고 싶어하는 것을 무엇이든지 다 해 줄 거야."라는 것은 절대로 안 됩니다.

도움말

부모의 재산이 그 자식들의 삶의 욕구와 능력을 쇠퇴시키는 질병이라는 것을 기억해야 한다.
또한 무책임하고 무능력, 무도덕 하도록 마비시키고 쇠퇴케 하는 잠재적 힘이 있다는 것을 알아야 한다.

II

고전과 명언에서
배워야 한다

11일

양보하는 사람이 되어라

| Ⅱ-가-1 양보하는 사람 |

屈己者는 能處重하고 好勝者는 必愚敵이니라

굴기자   능처중   호승자   필우적

자기를 굽히는 사람은 중요한 지위에 오를 수 있으며, 승리하기를 좋아하는 사람은 반드시 적을 만나게 된다.

"미련한 자는 분노를 당장에 나타내지만 슬기로운 자는 수욕을 참느니라"(잠언 12:16)

자기 자신을 홍보하고 알려야 살아남는다는 요즘, 양보하는 사람이 되라고 하면 받아들이기 어려울 것이다. 그렇지만 눈 앞의 이익을 보지 말고 양보하라고 권한다.

성공한 사람 중에 양보를 소중히 여긴 사람이 많다는 것이 증명해 주지 않는가?

양보를 했다면 그 결과에 만족했는가?

양보할 가치를 발견하는 것이 중요하다. 경험을 통해서 수련하는 것도 좋을 것이다.

고전 –
참는 것을 배워라

| Ⅱ-가-2 행동의 근본은 참는 것 |

마시멜로 실험에서 우리는 참고 자기 통제를 할 수 있는 아이의 미래가 아주 밝다는 것을 알았습니다.

모든 행동의 근본은 참는 것입니다.

실제 생활에서 참는 수련을 쌓아야 원하는 목표를 이룰 수 있고 수준 높은 삶을 살 수 있습니다.

도움말

'참는 자에게 복이 있다'는 속담이 하나의 원칙이다. 참고 참고 참으면 좋다는 신념으로 마음수련하면 참을 수 있다.
참아야 할 가치를 발견하고 생활화하도록 하라.

보답을 바라지 마라

| Ⅱ-가-4 보답을 바라지 마라 |

> **侍恩勿求報**하고 **與人勿追悔**하라
>
> 시은물구보   여인물추회

　은혜를 베풀거든 그 보답을 구하지 말고, 남에게 주었거든
뒤에 후회하지 마라.

도움말

선각자들이 인간을 자신의 것이 더 중요하고 자신이 베푼 것이 커 보
인다고 한다.
'물에 빠진 놈 건져 놓으니까 내 봇짐 내놓으라 한다' 라는 속담이 인
간의 속성을 잘 말해 주고 있다.
그래서 은혜를 베풀고 그 보답을 바라지 말라고 한 것이 아니겠는가?

고전 –
마음을 다스려라

| Ⅱ-가-5 성유심문 |

맑고 겸손하면 재앙을 사라지게 하고 복이 생기며
몸을 낮추면 덕이 생긴다.

마음이 안정되면 도(道)를 얻고 온화한 사람은 장수를 누린다.

욕심이 많으면 근심이 생기고 탐욕은 재앙을 불러온다.

경거망동하면 허물이 생기고 어질지 못하면 죄를 얻는다.

그른 일을 즐겨 보지 말며, 남의 부족함을 말하지 말며

마음을 경계하여 탐욕을 버리고 나쁜 친구를 따르지 마라.

쓸데 없는 말을 함부로 하지 말고

나와 무관한 일에 덤벼들지 마라.

윗사람과 부모님을 잘 섬기고, 어른과 덕 있는 자를 받들고

무식한 사람의 부족함을 덮어주라.

불순한 뜻이 없는 재물은 공손히 받고

이미 떠나 간 것은 쫓지 마라.

내 것이 안 될 것을 바라보지 말며

(어려움에 처해도 요행을 바라지 말고)

과거에 매이지 마라.

총명한 듯해도 어둔 것이 있으며

계산만 앞세우면 편의를 잃게 되니

사람 잃는 것은 자신을 잃는 것이다.

권세를 부리면 늘 재앙이 따르니

마음을 가다듬고 허세를 멀리 하라.

절약하지 않으면 집이 망하고

청렴하지 않으면 벼슬자리를 잃나니,

이 말 평생토록 잊지 말고 경계하며 두렵게 생각하라.

위에서는 하늘이 널 주시하고 땅에서는 귀신이 늘 따라다니며

국법이 너의 주변에 늘 있느니 감추려 해도 감추지 못한다.

오로지 양심을 지켜 너 스스로 속이지 말지니

경계하고 또 경계할 일이다.

도움말

아는 것과 행동으로 옮기는 것은 참으로 어렵다.
하루에 한 번씩 읽어 몸에 밸 정도로 습관화시키면 마음의 지표가 될
것이다.

고전 –
부지런히 배워라

| Ⅱ-가-6 부지런히 배워라 |

勿謂今日不學而有來日하며
물위금일불학이유래일

勿謂今年不學而有來年하라
물위금년불학이유래년

日月逝矣나 歲不我延이니
일월서의   세불아연

嗚呼老矣라 是誰之愆고
오호노의   시수지건

오늘 배우지 아니 하고서 내일이 있다고 말하지 말며,

(내일로 미루지 말고)

올해에 배우지 아니 하고 내년이 있다고 말하지 마라.

(내년으로 미루지 마라)

날과 달은 간다. 세월은 나를 위해서 멈추어 주지 않으니,

아! 늙었도다. 이 누구의 허물인고.

(누구를 원망할 것인가)

학문에 힘쓰라

| Ⅱ-가-7 학문에 힘쓰라 |

家若貧이라도 不可因貧而廢學이요
가약빈　　　　불가인빈이폐학

家若富라도 不可時富而怠學이니
가약부　　　　불가시부이태학

貧若勤學이면 可以立身이요
빈약근학　　　가이입신

富若勤學이며 名乃光瑩하리니
부약근학　　　명내광영

惟見學者顯達이요 不見學者無成이니라.
유견학자현달　　　　불견학자무성

學者는 乃身之寶요 學子는 乃世之珍이니라.
학자　　　내신지보　　　학자　　　내세지진

是故로 學則乃爲君子요
시고　　　학즉내위군자

不學則爲小人이니 後之學者는 宜各勉之니라.
불학즉위소인　　　　후지학자　　　의각면지

주문공_당송8대가

　집이 만약 가난하더라도 가난하다는 이유로 배움을 게을리 해서는 안 되고, 집이 만약 부유하더라도 부유한 것을 믿고 배움을 게을리 해서는 안 된다. 가난한 사람이 부지런히 배우면 몸을 일으킬 수 있을 것이요. 부유한 사람이 부지런히 배우면 이름이 더욱 빛날 것이다.

　오직 배운 사람만이 출세한 것을 보았으며, 배운 사람으로서 이루지 못하는 것을 보지 못했다. 배움이란 곧 몸의 보배요, 배운 사람이란 곧 세상의 보배이다. 그러므로 배우면 군자가 되고, 배우지 않으면 소인이 되느니라. 뒷날 배우는 사람은 마땅히 각각 힘써야 할 것이다.

"지혜는 진주보다 귀하니 너의 사모하는 모든 것으로 이에 비교할 수 없도다."(잠언 3:15)

"지혜가 제일이니 지혜를 얻으라. 무릇 너의 얻은 것을 가져 명철(선과 악, 참과 거짓을 분별하는 것. 명철의 말씀—하느님의 율법)을 얻을지니라."(잠언 4:7)

군자삼락을 음미하며 살아라

| II-가-8 군자삼락 |

맹자(孟子)

君子有三樂 父母俱存 兄弟無故一樂也

군자유삼락 부모구존 형제무고일락야

仰不愧於天 俯不作於人二樂也

앙불괴어천 부부작어인이락야

得天下英才 而敎育之三樂也

득천하영재 이교육지삼락야

군자에게는 세 가지 즐거움이 있다.

천하의 왕이 되는 것은 세 가지 즐거움에 들어가지 않는다.

부모가 다 살아 계시고 형제가 아무 탈 없는 것이 첫 번째 즐거움이요.

우러러 하늘에 부끄럽지 않고, 굽어보아도 사람들에게 부끄럽지 않은 것이 두 번째 즐거움이요.

천하의 재주 있는 사람을 얻어서 교육하는 것이 세 번째 즐거움이다.

공자(孔子)

學而時習之면 不亦說乎아

학이시습지　　　불역열호

有朋이 自遠方來면 不亦樂乎아

유붕　　자원방래　　　불역락호

人不知而不溫이면 不亦君子乎아.

인부지이불온　　　불역군자호

배우고 때에 맞추어(timely) 익히니 이 또한 기쁘지 아니한가? (평생 학습)

뜻을 같이 하는 친한 벗이 먼 곳으로부터 찾아오니 이 또한 즐겁지 아니한가? (좋은 친구)

사람들이 알아주지 않아도 화를 내지 않으니 이 또한 군자가 아니겠는가? (삶의 태도)

자기 신분을 사람들에게 알리려고 애쓰는 사람은 자기 스스로의 인격에 상처를 내고 있는 사람이다. – 탈무드

도움말

한 구절 한 구절 음미해 보면 참으로 철학적이다. 진심으로 군자삼락과 같이 살아야 되지 않겠는가?

노인을 공경하라

| Ⅱ-가-9 노인을 공경하라 |

兒曹는 出千言하되 君聽常不厭하고

아조　　출천언　　　　군청상불염

父母는 二開口하면 便道多閑管이라

부모　　이개구　　　　편두다한관

非閑管親掛牽이라 皓首白頭에

　비한관친괘견　　　　호수백두

多暗揀이라 勸君敬奉老人言하고

　다암간　　　권군경봉노인언

莫敎乳口爭長短하라

　막교유구쟁장단

어린 자식들은 많은 말을 해도 사람들이 듣기에 싫어하지 않고, 부모는 한번 입을 열어도 잔소리가 많다고 한다. 쓸데없는 간섭이 아니라 부모는 마음에 걸려서 그런 것이다. 흰머리가 되도록 긴 세월이 흐르는 동안 아는 것이 많아졌다.

사람들에게 말하건대, 나이 든 사람의 말을 공경하여 받들고, 젖 냄새 나는 어린 입으로 길고 짧음을 다투지 말아라.

"지혜로운 아들은 아비의 훈계를 들으나, 거만한 자는 꾸지람을 즐겨 듣지 아니하느니라." (잠언 13:1)

"거만한 자를 책망하지 마라. 그가 너를 미워할까 두려우니라. 지혜 있는 자를 책망하라. 그가 너를 사랑하리라." (잠언 9:8)

"내 아들아, 네 아비의 훈계를 들으며 네 어미의 법을 떠나지 마라." (잠언 1:8)

"교만은 패망의 선봉이요, 거만한 마음은 넘어짐의 앞잡이니라." (잠언 16:18)

부모의 과실에 자식은 부드러워라

| Ⅱ-가-10 부모의 과실에 자식은 |

事父母 幾諫 見志不從 又敬 不違 勞而不怨

사부모　기간　견지부종　우경　불위　노이불원

_공자(孔子)

부모를 섬기되 잘못했을 경우에는 부드럽게 말씀드려야 한다.

내 뜻을 받아주시지 않아도 반항을 하거나 불만을 품어서는 안 된다. 화가 나는 일이 있어도 원망해서는 안 된다.

"아버지에게 말대꾸해서는 안 된다." - 탈무드

제퍼슨의 생활 10계명을 실천하라

| Ⅱ-나-1 제퍼슨의 생활 10계명 |

1. 오늘 할 일을 내일로 미루지 마라.

2. 당신이 할 수 있는 일을 남에게 미루지 마라.

3. 돈이 없으면 쓰지 마라.

4. 싸다고 해서 꼭 필요하지도 않은 물건을 사지 마라.

5. 교만은 배고픔 · 갈증 · 추위보다 무서운 것이다.

6. 소식(小食)을 실천하라.

7. 좋아서 하는 일은 힘들거나 귀찮지 않다.

8. 쓸데없는 걱정은 진짜 걱정을 초래한다.

9. 쉬운 일부터 시작하라.

10. 화가 날 때는 우선 10까지 센 후 말하라. 그래도 참기 어
    려울 때는 100까지 센다.

도쿠가와 이에야스의 유훈을 배워라

| Ⅱ-나-2 도쿠가와 이에야스의 유훈 |

1. 사람의 일생은 무거운 짐을 지고 먼 길을 걷는 것과 같다. 그러므로 절대 서두르면 안 된다.

2. 무슨 일이든 마음대로 되는 것이 없다는 것을 알면 굳이 불만을 가질 이유가 없다.

3. 마음에 욕망이 생기거든 힘들었을 때를 생각하라.

4. 인내는 무사장구의 근본, 즉 참고 견디면 힘든 시기도 무사히 지낼 수 있다.

5. 분노는 적이라 생각하라.

6. 승리만 알고 패배를 모르면 해가 자기 몸에 미친다.

7. 자신을 탓하되 남을 나무라지 마라.

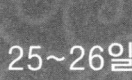

프랭클린의 생활 신조를
자기 것으로 만들어라

| Ⅱ-나-3 프랭클린의 생활 신조 |

1. 절제 Temperance : 배가 부르도록 먹어서는 안 된다. 취하도록 마셔도 안 된다.

2. 침묵 Silence : 자신이나 남에게 도움이 안 되는 말을 해서는 안 된다.

3. 규율 Order : 모든 물건을 정해진 장소에 두어라. 모든 일을 시간을 정해서 하라.

4. 결단 Resolution : 무엇을 할 것인지 생각한 후에 결심하라. 한 번 결심한 일은 반드시 실행하라.

5. 검소 Frugality : 허례허식, 사치, 낭비 하지 마라. 단 자기 자신과 이웃에게 선한 일은 주저하지 말고 행하라.

6. 근면 Industry : 시간을 낭비해서는 절대 안 된다. 언제나 무엇이나 유익한 것에 전념하고 필요 없는 일은 삼가라.

7. 성실 Sincerity : 거짓말로 남에게 해를 입혀서는 안 된다. 솔직하고 바르게 생각하고, 말할 때는 경우에 맞게 해야 한다.

8. 정의 Justice : 남에게 손해를 끼치지 말고 모든 일을 정당하게 하라. 누가 봐도 부끄럽지 않게 떳떳하게 행동해야 한다.

9. 중용 Moderation : 모든 일에 극단을 피하라. 당연하다고 생각되는 화풀이도 삼가야 한다. 쉽게 분노하지 말고, 분수를 지켜야 한다.

10. 청결 Cleanness : 신체, 의복, 주거 환경에 불결한 곳이 없게 해야 한다.

11. 침착 Tranquility : 사소한 일, 피할 수 없는 일, 어려운 일에 부딪쳤을 때 중심을 잃어서는 안 된다.

12. 순결 Chastity : 오직 건강과 후손을 위해 정절을 바쳐야 한다. 나 자신이나 다른 사람의 평화와 명성을 해치거나 무디게 하는 데 성(性)을 사용해서는 안 된다.

13. 겸손 Humility : 예수나 소크라테스를 본받아야 한다.

워싱턴의 예절의 법칙을 배우자

| II −나−4 조지 워싱턴의 예절에 관한 법칙 |

1. 친구와 함께 있을 때는 그들을 존경해야 한다.

2. 남들과 함께 있을 때 콧노래를 부르지 말고, 손이나 발로 치지 마라.

3. 남이 말할 때는 잘 듣고, 남이 서 있을 때는 앉지 말며, 남이 걸음을 멈추면 걷지 마라.

4. 남이 말할 때 등을 돌리지 말고, 읽거나 쓸 때 책상을 두들기지 말며, 남에게 기대지 마라.

5. 아첨하지 말고, 함께 있어 기쁘지 않은 사람과는 어울리지 마라.

6. 남과 함께 있을 때는 편지나 책이나 신문 등을 읽지 마라.

7. 요청하지 않았는데 남이 읽은 책이나 원고를 읽으려고 가까이 가지 마라. 남이 편지를 쓸 때도 가까이 접근하지 마라.

8. 남이 비록 적일지라도 그들의 불행을 기뻐하지 마라.

9. 일에 대해 이야기할 때는 간략하고 명확하게 하라.

10. 글을 쓰거나 말을 할 때 상대방의 지위와 예절에 따라 적합한 호칭을 써라.

11. 논쟁할 때 윗사람과 다투지 말고, 항상 겸손하게 자신의 판단을 양보하라.

12. 누군가를 나무라거나 충고할 때 공적인지 사적인지, 지금 꼭 해야 할지 나중에 해야 할지, 어떤 용어를 쓸지를 잘 생각하라. 나무랄 때는 부드럽고 다정하게 하라.

13. 중요한 것을 조롱하거나 빈정대지 마라. 날카롭고 신랄한 것에 대해 농담하지도 마라. 재치 있고 재미있게 말할 경우 네 자신이 우스워지지 않도록 조심하라.

14. 상대방을 화나게 하는 말이나 욕설, 비방을 하지 마라.

15. 상대방에 대한 비판을 너무 급하게 하지 마라.

16. 복장은 수수하게 하라. 찬사를 받으려 하기보다는 자연스럽게 치장하라.

17. 훌륭한 사람들과 교제하라. 나쁜 사람과 있는 것보다 혼자 있는 것이 차라리 낫다.

18. 말할 때 사악함(간사하고 악독함)과 질투가 없도록 하라. 그리고 이성이 감정을 누르도록 하라.

19. 친구의 비밀을 캐려고 하지 마라.

20. 기쁠 때나 식사 중에 슬픈 애기를 하지 마라.

21. 아주 친한 친구가 아니면 네 꿈을 말하지 마라.

22. 상대방이 즐거워하지 않으면 농담하지 마라. 경우 없이 크게 웃지 마라.

23. 어느 정도 원인이 있다 할지라도 남의 불행을 비웃지 마라.

24. 농담이든 진담이든 상대방에게 상처 주는 말을 삼가라.

25. 경멸을 받을 만한 사람이라도 경멸하지 마라.

26. 주제넘지 말고 친절하고 예의를 지켜라. 우선 인사를 하고, 귀 기울여 듣고, 공손히 답하라.

27. 요청 받지 않았으면 충고하지 말고, 부득이 충고해야 할 때는 간단하게 하라.

28. 논쟁할 때 강요하지 말고, 본론과 상관없는 것으로 자기 의견을 고집하지 마라.

29. 남의 불완전함을 비난하지 마라. 부모, 스승, 윗사람에 대해서 더욱 그리하라.

30. 남의 점이나 흉터가 왜 생겼느냐고 묻지 말고 쳐다보지도 마라.

31. 친구의 비밀을 다른 사람 앞에서 말하지 마라.

32. 대화할 때에는 잘 모르는 외국어보다는 모국어를 사용하라. 저속한 말이 아닌 품위 있는 언어를 쓰라. 그리고 고상한 문제는 심각하게 다루어라.

33. 말하기 전에 생각하라. 불명확하게 발음하지 말고, 말은 너무 빠르지도 않고, 질서정연하고 확실하게 말하라.

34. 남이 말할 때는 집중하고, 청중을 방해하지 마라. 머뭇거린다고 도와주지도 말 것이며, 재촉하지도 마라. 끼어들지도 말 것이며, 이야기가 끝날 때까지는 대답하지도 마라.

35. 진실을 모른다면 사건에 대하여 언급하지 마라. 내가 들은 소식을 말할 때, 꼭 말한 자의 이름을 밝히지 마라. 비밀이란 비밀 그대로 지켜져야 한다.

36. 다른 사람들의 사생활에 너무 호기심을 갖지 말고, 사적인 애기를 하고 있는 사람들 사이에 요청 없이 끼지 마라.

37. 책임질 수 없는 일을 맡지 마라. 그러나 일단 맺어진 약속은 꼭 지키도록 유념하라.

38. 윗사람이 말할 때는 귀 기울여 경청하고, 끼어들어 말하거나 웃지 마라.

39. 말할 때 우물쭈물하지 말고, 본론을 벗어나지 말며, 같은 말을 반복하지 마라.

40. 자리에 없는 사람에 대해 헐뜯지 마라. 공평하지 못하다.

41. 식사 중에는 무슨 일이든 화내지 말고, 어쩔 수 없이 화가 날지라도 표정에 나타내지 마라.

42. 네 마음속의 양심이라고 불리는 천상의 작은 불꽃이 항상 네 마음속에서 밝게 빛나도록 하라.

이런 소년이 되어라

| Ⅱ-나-5 이런 소년을 찾습니다 |

1. 똑바로 서고, 똑바로 앉고, 똑바로 행동하고, 똑바로 말하는 소년

2. 손톱이 길지 않고, 귀가 깨끗하고, 신발은 빛나고, 옷도 잘 손질하고, 머리는 깨끗이 빗고, 치아가 깨끗한 소년

3. 누가 말할 때 잘 듣고, 이해하지 못할 때 질문하고, 자기 일이 아닌 것은 질문하지 않는 소년

4. 재빠르게 움직이고 가능한 한 소음을 내지 않는 소년

5. 길거리에서 때로 휘파람을 불지만 조용해야 할 때는 휘파람을 불지 않는 소년

6. 밝은 표정으로 웃어주고, 인상을 쓰지 않는 소년

7. 겸손하고 특히 부인과 소녀에게 정중한 소년

8. 담배를 피우지 않고, 배우려고도 하지 않는 소년

9. 다른 소년을 못살게 굴지도, 남이 자신을 못살게 굴도록 하지도 않는 소년

10. 모르면 "모릅니다.", 실수했으면 "죄송합니다.", 어떤 일을 부탁하면 "노력하겠습니다."라고 말하는 소년

11. 눈은 언제나 똑바로 보고, 언제나 진실을 말하는 소년

12. 좋은 책은 읽으려고 하는 소년

13. 비밀 장소에서 도박을 하기보다는 체육관에서 여가를 보내기를 좋아하는 소년

14. 약삭빠르게 애쓰지 않고, 남의 주목을 끄는 일에 머리를 쓰지 않는 소년

15. 다른 소년들이 좋아하는 소년

16. 소녀들과 편안하게 있을 수 있는 소년

17. 자신을 변명하지 않고, 늘 자신에 대해서만 생각하거나 말하지 않는 소년

18. 어머니에게 친절하고, 특히 자기 어머니와 친밀한 소년

19. 그가 있는 주변의 사람들을 기분 좋게 해 주는 소년

20. 착한 척하지도 않고, 잘난 척하지도 않고, 위선적인 행동을 하지 않으며, 건강하고 행복하며 삶의 활력이 충만한 소년

이런 소년은 모든 곳에서 환영받는다. 가족도 원하고, 학교도 원하고, 사회에서도 원하고, 소녀들도 원하고, 모든 사람들이 원한다.

말을 잘 할 수 있는 비결을 자기 것으로 만들어라

| Ⅱ-나-6 말을 잘 할 수 있는 비결 |

원칙 1 - 명확하게 말하자

- 핵심을 간단 명료하게 하라.
- 말은 짧을수록 좋다.

원칙 2 - 알기 쉽게 말하라

- 결론을 먼저, 이유는 뒤에 하는 화법도 좋다.

원칙 3 - 기분 좋게 말하라

- 상대방의 입장이 되어 말하라.
- 말을 잘 한다는 것은 마음을 잘 쓴다는 것과 같다.

원칙 4 – 성실하게 진실을 말하라

• 인간을 평가할 때 중요한 가치 기준은 성실과 진실이다.

• 거짓말도 하기 시작하면 습관이 된다.

원칙 5 – 품위 있고 교양 있게 말하라

• 말은 인격의 표현으로 그 사람의 품위와 교양이 나타난다.

원칙 6 – 유쾌하고 밝은 표정으로 말하라

• 말의 효과는 분위기와 말하는 사람의 표정에 따라 큰 차이가 있다.

• 화안애어(和顔愛語) : 평화스러운 미소의 얼굴과 상냥하고 사랑스러운 말(불경)

원칙 7 – 해야 할 말과 하지 말아야 할 말을 분별하라

• 마음속에 숨겨두지 못하고 말을 다 해 버리는 사람은 결코 큰일을 할 수 없다.(칼라일)

• 말이 조리에 맞지 않으면 아니함만 못하다.(명심보감)

• 어리석은 자를 어떻게 가릴 수 있을까. 어리석은 사람은 지나치게 말이 많다.(탈무드)

비결 원칙 10가지를 생활화하라

| II-나-7 인간 관계의 비결 |

원칙 1 – 상대의 중요감을 높여라

1. 처음 만난 사람의 이름을 잘 기억할 것

2. 상대에 따라 적절한 예의를 차릴 것

3. 솔직한 칭찬을 주저하지 말 것

4. 상대의 충고나 의견을 묻고 받아들일 것

5. 상대의 관심사를 미리 알고 화제를 삼을 것

6. 길이나 좌석을 양보할 것

7. 상대방에게 말을 더 많이 하도록 할 것

8. 상대방의 주장을 존중할 것

9. 큰 손해가 아닌 이상 자신이 손해를 볼 것

10. 받은 은혜는 잊지 말고 베푼 것은 잊을 것

원칙 2 - 인사를 정성껏 하라

1. 안녕하십니까?(호감)

2. 감사합니다.(감사)

3. 죄송합니다.(반성)

4. 먼저 하십시오.(양보)

5. 도와 드릴 것 없습니까?(봉사)

원칙 3 - 말을 잘 하는 것보다 말을 잘 들어라

　조물주는 인간에게 두 개의 귀와 한 개의 혀를 주었다. 인간은 말하는 것의 두 배를 들을 의무가 있다.(그리스 철학자 - 제논)

1. 상대방이 말하는 것을 완전히 이해한다.

2. 상대방의 말의 내용에서 나에게 필요한 정보를 얻어낸다.

3. 듣는 태도에서 주의 깊게 성의를 다하고 마음을 주면서 듣는다.

원칙 4 - 상대의 입장에서 생각하고 행동하라

1. YOU의 법칙 : 상대방의 입장에서 판단하고 행동한다.

2. 자기 중심적인 입장에서 생각하고 행동하는 것은 인간 관계에서 금물이다.

원칙 5 – 신용은 인간 관계의 근본이다

인간 관계 유신(人間關係有信)

1. 표리 부동한 행동을 절대 하지 않는다.
2. 자신의 말과 행동에 책임을 진다.

원칙 6 – 남의 약점을 지적하지 마라

남을 헐뜯는 것은 살인보다 더 위험하다. 살인은 한 사람밖에 죽이지 않지만 헐뜯는 것은 반드시 세 사람을 죽인다. 헐뜯는 사람 자신, 그 말을 비판 없이 그냥 듣고 있는 사람, 그리고 헐뜯기의 주인공이다. (탈무드)

누군가에게 화가 났을 때 면전에서 공격하지 않고 분노를 해소하는 데는 뒷담화(헐뜯기)만큼 효과적인 것이 없다. 상대의 결점을 찾아 헐뜯고 비하시키면 자신은 상대적으로 우위에 설수 있고 그로 인해 일시적이지만 자존심이 높아진다. 그래서 사람들은 헐뜯기에 빠지곤 한다.

그 헐뜯는 것을 제3자를 통해 주인공이 들으면 더욱 기분 나쁠 것이다. 그런데 칭찬은 그 반대가 된다. 제3자를 통해 자신을 칭찬한 것을 들으면 칭찬해 준 사람에게 호감이 가게 된다.

따라서 우리는 남의 결점을 지적하지 말고 굳이 지적한다면 당사자에게 직접 하는 게 좋다. 칭찬은 면전에서 하는 것보다 본인이 없는 데에서 하는 것은 매력이 있다는 것도 알아야 한다.

원칙 7 – 논쟁을 피하라

1. 논쟁에서 이길 수 있는 최선의 방법은 단 한 가지, 논쟁을 피하는 것이다. 독사나 지진을 피하듯이 논쟁을 피하라.(카네기)
2. 정의로운 논쟁을 통해서 승리감에 만족하는 것이 좋은 것인지 아니면 상대방의 호감을 얻는 것이 좋은 것인지 잘 생각해야 할 것이다. 그것은 이 두 가지를 절대로 함께 얻을 수 없기 때문이다.(카네기)

원칙 8 – 정과 의리(사람으로서 마땅히 지켜야 할 바른 도리)에 철저하라

원칙 9 – NO라고 할 수 있는 자기 주장을 가져라

원칙 10 – 무재칠시(無財七施)를 실천하라

불경에서는 재물이 없는 사람이라도 '깨끗한 마음으로 남에게 베풀 수 있는 일' 즉 보시에는 7가지가 있음을 밝히고 있다.

누구나 재물이 없기 때문에 남을 도울 수 없다고 한탄할 게 아니라 재물이 없이도 남을 도울 수 있는 7가지(무재칠시)가 있으니 이를 알고 실천해야 된다는 것이다.

1. 신시(身施) : 남의 일을 몸으로 도와주는 봉사와 헌신

2. 심시(心施) : 남에게 따뜻한 사랑으로 베푸는 마음

3. 안시(眼施) : 남을 바라볼 때 남에게 평온한 느낌을 주는 것

4. 화안시(和顔施) : 온화한 얼굴 표정을 통하여 남에게 도움을 주는 것

5. 언시(言施) : 남에게 친절하고 따뜻한 말로 도움을 주는 것

6. 상좌시(床座施) : 남에게 자리를 잡아주거나 양보해서 편안하게 돕는 것

7. 방사시(房舍施) : 쉴 수 있는 방을 제공해서 도움을 주는 것

불경은 이러한 도움은 아무리 가난한 사람이라도 남에게 베풀 수 있는 것이므로 일상생활에서 항상 실천하도록 노력해야 된다고 하였다.

성공하는 사람들의
속성을 파악하고 생활화하라

| Ⅱ-나-8 성공할 사람, 실패할 사람 |

1. 실패할 사람은 생각만 많이 한다. 그러나 성공할 사람은 생각을 즉각 행동으로 옮긴다. 당신이 생각만 많은 사람인지, 무언가를 보여주는 사람인지를 스스로 판단해 보라.

2. 인생이라는 마라톤에서 꾸준한 페이스를 지키고 있는가? 성공할 사람은 힘과 시간과 정력을 적절히 안배한다. 그러나 실패할 사람은 너무 속력을 내다가 지쳐 쓰러진다.

3. 성공할 사람은 실수를 통해서 무엇인가를 배워 나간다. 그러나 실패할 사람은 실수를 하지 않으려고 발버둥치다가 한 번도 행동으로 보여주지 못한다.

4. 성공할 사람은 사명감과 주인 의식을 가지고 일한다. 그러나 실패할 사람은 맡겨진 일을 마지못해 하는 노예이다.

5. 실패할 사람은 자기가 보는 눈이 가장 정확하다고 우기지만, 성공할 사람은 제 3자의 눈으로 객관화시켜 본다.

6. 실패할 사람은 눈앞의 것이 전부이거나 먼 훗날 어쩌면 행운의 여신이 나에게 손짓할 것이라는 막연한 기대를 한다. 그러나 성공할 사람은 먼 것, 가까운 것을 동시에 바라보는 마음의 줌 렌즈를 가지고 있다.

7. 실패할 사람은 이유가 많다. 여건을 탓하고, 환경을 탓하고, 분위기를 탓하며, 상사와 부하를 탓한다. 성공할 사람은 거기에 구애받지 않고 꾸준하게 행동한다.

8. 실패할 사람은 잘못을 인정하지 않고 변명만 한다. 그러나 성공할 사람은 잘못을 인정하고 개선한다.

9. 실패할 사람은 일에 끌려가고, 성공할 사람은 일을 끌고 간다.

10. 실패할 사람은 말하는 데 열중하지만, 성공할 사람은 경청

하는 데 열중한다.

11. 실패할 사람은 약자에게 강하고 강자에게 약하지만, 성공할 사람은 모두에게 똑같이 겸손하다.

12. 실패할 사람은 좋은 사람에게서 나쁜 점을 찾으려 하고, 성공할 사람은 나쁜 사람의 좋은 점을 발견하려고 노력한다.

13. 실패할 사람은 말이 앞선다. 말을 하느라고 일을 행동으로 옮기지 못한다. 성공할 사람은 목적을 달성할 때까지 침묵 속에서 일을 한다.

14. 실패할 사람은 배타적이어서 찬바람이 돌지만, 성공할 사람은 우호적이어서 따뜻한 바람이 감돈다.

15. 실패할 사람은 큰 실수 없이 일을 하려고 자기를 지키는 데 열중하지만, 성공할 사람은 실수할 것을 두려워하지 않고 실수가 있더라도 새로운 것을 창조하려고 노력한다.

16. 실패할 사람은 문제의 핵심을 파고들지 못하고 주변만 맴돌지만, 성공할 사람은 과감하게 관철시켜 나간다.

17. 성공할 사람은 도전자의 자세로 일을 하고, 실패할 사람은 방어 태세로 일을 한다.

18. 성공할 사람은 타협해야 할 것과 싸울 것을 안다. 그러나 실패할 사람은 타협해야 될 것과 싸우며, 싸워야 될 것을 가지고 타협한다.

19. 성공할 사람은 자신의 잘못도 솔직히 시인한다. 그러나 실패할 사람은 자신의 단점이 노출될까 봐 두려워 전전긍긍 하는 데 에너지를 소모한다.

20. 성공할 사람은 자기가 걸려 넘어진 돌을 디딤돌로 삼아 다시 일어난다. 그러나 실패할 사람은 걸려 넘어질 돌이 또 있을까 봐 그 자리에 앉아서 일어나려고 하지 않는다.

21. 성공할 사람은 사실을 사실대로 솔직하게 말을 한다. 그러나 실패할 사람은 후유증이 두려워 금방 탄로날 거짓말도 떡 먹듯이 한다.

22. 성공할 사람은 예절과 법도를 안다. 그러나 실패할 사람은 에티켓이 밥 먹여 주느냐고 제멋대로 행동한다.

23. 성공할 사람은 내실에 힘쓰는데, 실패할 사람은 겉치장에 더욱 신경을 쓴다.

24. 성공할 사람은 밝은 얼굴과 여유 있는 표정을 보인다. 그러나 실패할 사람은 항상 불안하며 표정이 어둡다.

25. 성공할 사람은 일과 시간을 쫓아가는 사람이다. 그러나 실패할 사람은 일에 쫓기고 시간에 쫓기는 도망자다.

26. 성공할 사람은 큰 욕망을 가지고 행동하고, 실패할 사람은 작은 욕심에 집착한다.

27. 성공할 사람은 어떤 일이든 다각도로 관찰하고, 실패할 사람은 한 면만을 보고 그것이 전부라고 착각한다.

28. 성공할 사람의 목표는 '일'인데, 실패할 사람의 목표는 '돈'이다. 일을 목표로 했을 때 돈은 자연스럽게 들어오지만 돈만을 목표로 했을 때는 눈 먼 돈이 아닌 이상 마구 따라오지는 않을 것이다.

III

예절 교육,
이 정도는 필요하다

자녀 양육 원칙을 지켜라

| III   인간 교육은 가정에서 |

자녀 양육 기본 원칙

1. 해야 할 것과 하지 말아야 할 것이 있다.

2. 칭찬과 보상에만 의존하지 않고 처벌도 한다.

3. 어려운 상황은 극복할 수 있도록 지구력을 기른다.

4. 가능한 한 독립적으로 행동하고 생각하도록 한다.

   지나치게 허용적이거나 지나치게 과보호적인 양육 방법은 바람직하지 않습니다.

우리의 자화상을 가꾸어 갑시다

| III-1-1 우리의 자화상은 |

1. 항상 웃는 얼굴로 이야기 하는 밝은 모습

2. 시간과 약속을 지키려고 노력하는 성실한 모습

3. 상대방의 말을 지키려고 노력하는 성실한 모습

4. 매사를 긍정적으로 생각하는 생활 태도

5. 용모가 단정한 깔끔한 모습

6. 남의 물건이나 공공물품을 자기 것처럼 아껴 쓰는 알뜰한 모습

7. 승강기에 탑승할 때 다른 사람의 층도 눌러주는 배려하는 모습

8. 동료의 애경사에 관심을 보이는 정있는 모습

9. 자신의 의견을 진솔하게 밝히는 용기 있는 모습

10. 적극적으로 자신의 할 일을 추진하는 열정적인 모습

11. 건전한 비판을 적극적으로 받아들이는 겸허한 모습

12. 아랫사람을 아껴주는 애정어린 모습

13. 맡은 바 책임을 다하는 책임 있는 모습

아름다운 모습은 자신의 인격입니다.

바른 몸가짐을 생활화하라

| Ⅲ-1-2 바른 몸가짐 |

1. 남에게 도움을 받았을 때 – 고맙습니다.

2. 폐를 끼쳤을 때 – 미안합니다.

3. 서로 만났을 때 – 안녕하십니까?

4. 눈은 항상 상대방의 눈을 향해 있으며 부드럽게 쳐다본다.

5. 어른에게 물건을 드릴 때 – 받는 사람이 받기 편하게 손잡
   이를 받는 사람 쪽으로 향한다.

6. 계단을 오를 때에는 남자가 먼저 올라간다.

7. 계단을 내려 갈 때에는 여자가 먼저 내려간다.

8. 문을 열고 닫을 때에 소리가 나지 않도록 조심한다.

하루 생활의 바른 습관을 실천하라

| III-1-3 하루 생활의 바른 습관 |

1. 아침에 스스로 일어나는 습관과 정해진 시각에 일어나 이불을 개고 잠옷을 벗어 정돈하며 가족에게 아침 인사를 한다.
2. 기상 후 곧 용변을 보는 습관을 갖는다.
3. 아침 운동과 청소를 한다.
4. 바른 식사 예절 습관을 갖는다.
5. 식사 후 반드시 이를 닦는다.
6. 집을 나갈 때나 귀가할 때에 인사를 꼭 드리고 나가는 이유와 귀가 보고를 한다.
7. 가정 학습은 스스로 하며 책상에서 공부한다.
8. 자기 전에 일기를 써서 하루를 반성하고 정리한다.
9. 잠자기 2시간 전에는 음식을 먹지 않는다.

10. 잠잘 때에는 방을 완전히 어둡게 한다.

11. 베개의 높이는 6~8cm가 적당하다.

12. "웃는 낯에 침 못 뱉는다."는 속담을 생각하고 밝게 웃도록 한다.

13. 겸손한 태도를 갖는다. 즉 자기를 낮추고 상대편을 높이려는 아름다운 마음을 갖는다.(죄송합니다. 미안합니다. 실례했습니다 등을 적절히 사용)

"곡식은 익을수록 고개를 숙인다."는 속담을 항상 생각하고 언제나 겸손한 마음을 잊지 말 것을 당부하였습니다. (선각자들이 가장 경계한 것이 교만입니다.)

가족 사이의 예절을 실천하라

| Ⅲ-2-1 가족 사이의 예절 |

1. 부모님께 경어를 사용한다.

2. 부모님께 아침 저녁으로 문안인사를 드린다.(안녕히 주무셨어
   요? 안녕히 주무세요. 이러한 작은 마음이 효심이며, 이것을 행동으로 옮
   기면 효행이다.)

3. 부모님의 뜻을 존중한다.

4. 부모님의 말씀이 자신의 생각과 다를 때 불손한 태도로 말
   씀드리기보다는 공손하며 부드럽게 말씀드린다.

5. 자신의 일을 결정할 때에 부모님과 상의한다.

6. 부모님께서 부르시면 즉시 대답하고, 하던 일을 멈추고 부
   르신 용건을 귀 기울여 듣는다.

7. 외출할 때에는 미리 말씀드려 승낙을 얻어야 하고, 다녀와
   서는 반드시 결과를 말씀드린다.

8. 형제 자매 사이에는 서로 사랑하고 아껴준다.

9. 자기 할 일을 스스로 찾아 한다.

10. 심한 노출을 삼가 한다.

11. 가족들의 몸을 넘어 다니는 일이 없도록 한다.

12. 가족간에 일할 때는 서로 방해해서는 안 된다.

13. 부모님도 자녀에게 약속한 사항을 꼭 지킨다.

14. 남의 자녀를 지나치게 칭찬하여 내 자식에게 열등감을 주지 않는다.(비교하지 않는다.)

15. 자녀에게 너무 간섭하거나, 방관하지 않는다.

일가 친척의 호칭을 맞게 부르자

| III-2-2　친척 사이의 예절 |

일가 친척이란 일가·친당·척당을 말합니다.

일가는 성씨와 본관이 같은 모든 사람들과 배우자를 말합니다.

8촌 이내의 일가 친척과 그들의 배우자를 친당 또는 당내라고 하고, 9촌이 넘는 일가간을 족당이라고 합니다.

외척과 인척을 합하여 척당이라고 하고, 4촌 이내의 모계 혈족(외사촌 이내)을 외척이라고 하며, 배우자의 척당, 즉 처와 처의 부모를 인척이라고 합니다.

자기의 직계존속과 8촌이 넘는 할아버지와 할머니를 대부(大父), 대모(大母)라 하고 그 반대되는 쪽을 족손이라고 합니다.

촌수 계산법을 생활화하자

| Ⅲ-2-3 촌수 계산법 |

직계 혈족 사이의 촌수를 대(代), 성씨 시조를 1세로 하여 나에게 이르게까지의 단계 수를 세(世)라 하는데, 세는 자기를 넣어서 계산하고, 대는 자기를 빼고 계산합니다. 예를 들어 40세 손이면 39대 손이 됩니다.

촌수 계산법은 로마법식 계산 방법으로 상하 동일 조상에 이르는 세대 수를 각각 계산하여 합한 숫자를 촌수라 합니다.

『내 인생을 바꾼 아버지의 한 마디』에서 표를 보고 공부해 봅시다.

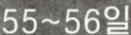

부모, 백숙부, 숙질 사이의
호칭을 정확히 알고 생활하자

| III-2-4 부모, 백숙부, 숙질 사이의 호칭 |

■ 부모의 칭호

	다른 칭호	사후	작고 후 남에게 말할 때	남의 부모를 부를 때
아버지	가친 엄친	현고	선친 돌아가신 선고 저의 아버지	춘부장 자네 아버님 대인 (친구나 손아래)
어머니	모친 자친	현비	서자친 돌아가신 선모친 저의 어머니	자당님 자네 어머님 대부인 (친구나 손아래)

　　백숙부 숙질 사이의 호칭은 『내 인생을 바꾼 아버지의 한 마디』에서 표를 보면서 공부합시다.

부부 사이에 예절을 지켜라

| III-2-5 부부 사이의 예절 |

부부 사이에는 항렬이 같기 때문에 "저예요"라고 하지 않고, "나에요"라고 합니다.

남 앞에서 남편이 아내를 호칭할 때에 같은 나이 또래 사이에는 "내 아내", "내 처", "안 사람", "안 식구" 등으로 호칭하고, 윗사람에게 아내를 호칭할 때에는 "제 처", "제 아내", "집 사람" 등으로 부르며, 아랫사람에게는 "우리 집 사람일세"라고 하는 게 무난합니다.

그런데 요즘 젊은 부부들은 남편을 오빠라고 부르는 것을 자주 봅니다.

연속극에서도 남편을 오빠라고 부르는 것을 자주 보았습니다.

오빠(남편을 오빠라 함)와 함께 사는 여자들을 볼 때 '참 잘못되었구나' 라는 생각을 합니다.

남 앞에서 아내가 남편을 호칭할 때에 윗사람 앞에서는 "그 사람", "그이", "저의 남편"이라 부르고, 같은 나이인 경우에는 "그 이", "내 남편", "나의 남편"이라 부르고, 아랫사람에게는 "그 어른"이라고 부르며, 친구 남편을 호칭할 때에는 "○○아버지"가 무난하고, 친한 경우 "○씨"가 좋습니다.

부부 사이의 예절은 『내 인생을 바꾼 아버지의 한 마디』에서 공부하기 바랍니다.

형제 자매와 그 배우자 사이의
호칭을 알고 맞게 불러야 합니다

| III-2-6 형제 자매와 그 배우자 사이의 호칭 |

윗사람에게는 존칭어를

평교 사이에는 대칭어를

아랫사람에게는 비칭어를 사용합니다.

호칭은 『내 인생을 바꾼 아버지의 한 마디』에서 참고하기 바
랍니다.

사돈 사이의 호칭을
제대로 불러야 합니다

| Ⅲ-2-8 사돈 사이의 호칭 |

사돈에게는 공경말과 존댓말을 사용하는 게 원칙이고, 나이 차이가 심한 사돈에게는 '하시게' 하는 말을 사용합니다.

사장(사돈의 어른)에게는 공경말, 사돈끼리는 존댓말, 사하생(사장이 아들의 사돈을 부를 때)에게는 '하시게'를 사용합니다.

■ 사돈의 명칭과 호칭

항렬	명칭	호칭
상급사돈	사장(남) 사대부인(여)	사장어른(남) 사대부인(여)
동급사돈	사돈(남) 사사부인(여)	사돈(연하), 사돈어른(연상)(남) 사부인, 사돈마님(여)
아랫사돈	사하생	사돈도령(남) 사돈 아씨(아가씨)(여)

『내 인생을 바꾼 아버지의 한 마디』를 참고해 주기 바랍니다.

식사 예절은 생활에 기본입니다

| Ⅲ-3-1 식사 예절 |

- 식사하기 전에는 반드시 손을 씻는다.
- 식탁에 앉을 때에는 어른이 앉은 후에 의자의 왼쪽에서 오른발부터 움직여 들어가 앉는다.
- 식탁과 몸과의 거리는 10cm 정도로 앉는다.
- 식사를 시작할 때에는 국이나 김칫국을 먼저 한 숟갈 떠 먹고 음식을 먹는다.
- 젓가락과 숟가락을 동시에 들고 식사하지 않는다.
- 음식을 먹을 때는 소리를 내지 않는다.
- "잘 먹었습니다."라고 인사말을 잊지 않는다.
- 어른을 모시고 식사할 때에는 주빈을 주석에 모시고 어른보다 먼저 수저를 들지 않으며, 먼저 식사를 끝냈을 때에는 수저를 밥 그릇이나 숭늉 그릇에 얹어 놓았다가 어른이 식사

가 끝났을 때에 상 위에 내려놓는다.

- 식사 중에는 부드러운 대화(슬픈 이야기, 불쾌한 이야기, 불결한 이야기는 피함)를 하되 음식을 입에 넣고 말하는 것은 실례이며 어른과 식사 중에 먼저 나갈 때에는 양해를 얻는다.

- 윗사람이 무엇을 묻거나 말을 건넸을 때에는 먹던 것을 삼키고 나서 수저를 놓고 말한다.

- 음식을 먹을 때 몸을 앞으로 굽히거나, 한 손을 떠받치거나, 몸을 뒤로 젖히고 먹거나, 혀를 내밀고 받아먹는 것은 좋은 버릇이 아니다.

- 이물질이 들어갔을 때에는 옆 사람이 보이지 않도록 냅킨에 싸서 접시 옆에 놓았다가 식사 후에 버린다.

- 이쑤시개는 되도록 사용하지 않는 것이 좋고 부득이 사용할 때에는 한쪽 손으로 입을 가리고 사용한다.

- 좌석 배치는 상사나 윗사람이 아랫목이나 문에서 먼 곳에 앉는다.

- 서양에서는 초대된 집의 여자주인이 중심이 되지만 우리 나라에서는 초대받은 사람이 중심이 된다. 따라서 서양에서는 여자주인이 상석에 앉고, 우리 나라에서는 주인이 말석에 앉는다.

- 서양식 식사 예절은 우리와 다르므로 서양 식사를 하면서 익혀두도록 한다.

인사 예절은 대단히 중요하다

| Ⅲ-3-2 인사 예절 |

　인사는 상대방을 존경한다는 마음을 행동과 말씨로 표현하는 것입니다.

　인사만 잘 해도 인간 관계에서 반 이상은 성공한다고 말합니다.

　절 인사법을 『내 인생을 바꾼 아버지의 한 마디』에서 참고하기 바랍니다.

소개할 때의 인사말을 맞게 사용하라

| III-3-3 소개할 때의 인사말 |

- 처음 인사할 때 "처음 뵙습니다."보다는 "처음 뵙겠습니다. ○○○입니다."가 훨씬 자연스럽고 "○○○올시다."는 거만한 인상을 준다.
- "저의 아버님은 ○○○씨 이십니다."보다는 "저의 아버님은 ○자 ○자이십니다."로 한다.
- 상대방이 성을 물으면 "○씨입니다."보다 "○가(哥)입니다. ○○(본관) ○가입니다."로 하고, 남의 성을 말할 때는 "○씨, ○○(본관) ○씨입니다."로 한다.
- 자신이 직접 상대방에게 소개할 때
  ① 친소 관계를 따져 자기와 가까운 사람을 먼저 소개한다.
  ② 같은 남성 또는 여성끼리는 손아랫사람을 손윗사람에게 먼저 소개한다.

③ 이성끼리는 남성을 여성에게 먼저 소개한다. 단, 남자가 나이가 많거나 직위가 높거나 할 때에는 여성부터 소개한다. 이러한 상황이 섞여 있을 때에는 1, 2, 3의 순서로 적용한다.

- 다른 사람에게는 친척을 먼저 소개하고 그 관계도 소개한다.

① 여러 사람일 때는 순서 없이 차례로 소개한다.

② 업무상의 일이라면 사회적인 지위가 낮은 사람을 윗사람에게 먼저 소개한다.

- 자기의 어머니보다 젊은 남자 선생님과 어머니를 소개할 경우에는 어머니를 선생님에게 먼저 소개한다. 즉 "저의 어머니이십니다."하고 어머니를 선생님에게 먼저 소개하고 "어머니, 우리 선생님이십니다." 하면 "처음 뵙겠습니다. 저는 ○○의 어머니입니다." 선생님은 "처음 뵙겠습니다. ○○입니다." 하고 서로 인사한다.

- 방송 매체에서 사회자가 20~30대 연예인을 소개할 때 "○○○씨를 모시겠습니다."라고 하는 경우가 있는데, 이는 "○○○씨를 소개하겠습니다."로 고쳐야 한다. 왜냐하면 시청자나 청취자가 다양한 계층이어서 그 방송을 보거나 듣는 사람이 소개 받는 사람보다 윗사람일 수 있기 때문이다.

- 인사할 때 "아는 것이 없습니다." 등은 자신을 너무 낮추는 말이므로 삼가야 한다.

명함을 교환할 때 예절을 지켜라

| Ⅲ-3-4 명함을 교환할 때 |

　　명함은 자신의 소개서입니다. 항상 준비하는 습관을 기르고 "만나 뵙게 되어 기쁩니다."라고 말하면서 미소를 짓습니다.

- 손아랫사람이 윗사람에게 미리 내민다.
- 자기의 이름이 상대방 쪽에서 보이게 오른손으로 내민다.
- 반드시 일어서서 "○○○에 조영수입니다."라고 통성명을 한다.
- 맞교환할 때에는 오른손으로 주고 왼손으로 받는다.
- 받은 명함을 그 자리에서 보고 읽기 어려운 글자가 있을 때 는 바로 물어본다.

말 대접은 사회 생활에서 대단히 중요하다

| Ⅲ-3-6 말 대접 |

대화의 기본 원칙은

① 호칭은 나를 중심으로

② 말 공대는 듣는 사람 중심으로

③ 존대는 나를 낮춰서 말하는 것인데, 직장에서는 직급을,
  가정에서는 항렬을, 사회에서는 나이를 기준으로 삼는 것
  이 예절의 기본입니다.

『내 인생을 바꾼 아버지의 한 마디』를 참고하기 바랍니다.

자동차 탈 때의 예절을 지켜라

| Ⅲ-3-8 자동차 탈 때의 예절 |

　온돌방에서는 아랫목이 상석이고, 창이 있는 홀에서는 전망이 보이는 자리가 상석, 밀폐된 곳의 ㄷ자 형에서는 문과 먼 중앙 좌석이 상석입니다.

　운전기사가 따로 있는 승용차에 4명이 탄다면 뒷좌석 오른쪽이 주석 1번이고, 주석 왼쪽 창 쪽이 2번, 운전기사 옆이 3번이며, 4번은 뒷좌석 중앙인데, 3, 4번은 경우에 따라 바뀔 수도 있습니다.

　자가 운전 승용차일 경우에는 자가 운전을 중심 좌석으로 보고 친구 2명 중 운전자와 친밀한 사람, 또는 손윗사람이 운전석 옆 자리에 앉는 게 보통입니다. 자가 운전자일지라도 손윗사람을 모셔야 하는 경우에는 당연히 뒤쪽 오른편 창 쪽에 모시고, 여자도 뒷자리에 앉게 하는 것이 예의입니다.

74일

악수 예절을 생활화하라

| III-3-9 악수 예절 |

부모는 악수하는 예절을 실습을 통해서 가르치고 자녀는 배우는 것이 효과적입니다.

- 악수는 자기의 표현이다. 손을 잡음으로써 마음의 문을 열고, 흔들면서 두 사람이 하나가 되었음을 나타낸다.
- 손을 너무 세게 쥐거나 손 끝만 내밀고 악수해서는 안 된다.
- 계속 손을 잡은 채로 말을 하지 말고 인사가 끝나면 곧 손을 놓는다.

『내 인생을 바꾼 아버지의 한 마디』를 참고하기 바랍니다.

술잔을 권할 때의 예절을 생활화하자

| Ⅲ-3-10 술잔 권할 때의 예절 |

- 술잔을 돌리는 경우에는 술을 마신 후, 안주를 들기 전에 잔을 상대방에게 오른손으로(두 손으로 받쳐) 넘겨주고 술은 자기가 따르든지 술을 따르는 사람이 있으면 따르는 것을 보고 나서 안주를 먹는다.

- 좌석이 멀리 떨어진 사람에게 술잔을 권할 때에는 직접 가지 못하고 술 따르는 사람에게 부탁하여 그 사람이 상대방에 가서 술잔을 전달할 때 서로 눈을 맞추어 목례하고 술 따르는 것을 확인한 후 역시 안주를 먹는다.

- 술잔을 받을 때에는 반드시 오른손으로 받고, 윗사람에게는 양손으로 받아야 한다. 호형 호제하는 같은 나이 또래 사이에는 한 손으로 받아도 좋다.

- 술잔을 받았을 때에는 권하는 사람에게 감사의 목례를 하

고 술을 받아 일단 입에 대어 조금 마신 후에 상 위에 내려 놓는다. 잔을 받아 그대로 상 위에 올려 놓으면 실례가 된다.

- 술잔을 받으면 반드시 보낸 사람에게 술잔을 권한다.
- 16살 이상 연장자와 함께할 때에는 얼굴을 옆으로 돌리고 마신다.
- 왼손으로 술잔을 주면 당신은 그만 먹고 가라는 뜻이다.

IV

가문의 수신

− 뿌리 깊은 나무는 바람에 흔들리지 않는다 −

가문의 좌우명은 성공의 열쇠이다

| IV-가-1 설송 가문의 좌우명 |

■ 가문의 좌우명

磨 斧 作 針

마 부 작 침

도끼를 갈아서 바늘을 만들자

늘 가까이 두고 일상의 경계로 삼는 말이나 글을 좌우명이라 합니다.

조상들로부터 내려온 좌우명이 있다면 얼마나 영광입니까?

자기 가문의 좌우명을 만들어 실천하면 좋겠네요.

가훈은 중요하다

| Ⅳ-나-1 가훈 |

가훈은 자녀를 한 사람의 성인으로 키우면서, 훌륭한 사람으로 기르기 위한 지침이 됩니다. 아래와 같이 설송 가문의 가훈을 살펴 보면서 우리 집 가훈을 만들어 봅시다.

가훈 (家訓)

1. ① 자기 일은 스스로 하고,
   ② 집안 일은 서로 돕고
   ③ 정(情) 답고 명랑(明朗) 하게 산다.

2. 남의 일을 할 때에는 내 일같이 한다.

3. ① 사람을 대할 때는 부드럽고 온화한 표정으로
   ② 말 할 때는 정성과 진심으로,
   ③ 행동은 겸손하게 그리고
   ④ 상대방을 배려한다.

4. 의(義)롭고 깨끗하게 산다.

〈 가훈 내용 설명 〉

1. ① 자기 일은 스스로 하고, ② 집안 일은 서로 돕고, ③ 정답고 명랑하게 산다.

'자기 일을 스스로 하고'는 가정 윤리로서 형제 자매 사이에 할 일을 서로 미루지 말고 솔선수범하자는 것으로, 자기 일을 남에게 미루지 않는 습관을 기르려는 것이고, '집안 일은 서로 돕고'에서는 협동 정신을 강조하는 것이며, '정답고 명랑하게'는 현대에 사는 우리는 도시화, 공업화, 기계화로 인하여 인간성을 상실해 가고 있는데, 인간적인 정을 가족, 친족, 이웃과 함께 나누며, 항상 웃는 얼굴로 명랑하게 살아가자는 것입니다.

2. 남의 일을 할 때에는 내 일같이 한다.

'남의 일을 할 때에는 내 일같이' 라는 것은 자기 희생을 바탕으로 사회에서 개인에게 준 몫을 실천할 때 남과 나를 똑같이 생각하는 태도를 가져야 하여, 개인적으로는 훌륭한 인격을 기르고, 사회적으로는 봉사정신을 갖게 하자는 것입니다.

3. ① 사람을 대할 때에는 부드럽고 온화한 표정으로, ② 말할 때는 정성과 진심으로, ③ 행동은 겸손하게 그리고 ④ 상대방을 배려한다.

성공의 비결 중에 가장 중요한 것이 인간 관계이고, 원만한 인간 관계를 유지하고 사람과의 신뢰를 실천하는데 가장 중요한 것이 언어입니다.
그렇게 중요한 언어 생활에서 온화한 표정과 정성과 진심이 담긴 대화는 가장 중요한 핵심입니다.

인간 관계에 가장 중요한 핵심인 표정, 정성, 진심, 겸손을 잘 수련하면 높은 인격 형성에 큰 도움이 될 것입니다. 선각자들이 가장 경계한 것이 교만(겸손의 반대)이라는 것도 잘 알고 실천하기 바랍니다.

표정, 정성, 진심, 겸손에 상대방에 대한 배려를 더한다면 처세에 반 이상은 성공한 사람이 되겠지요. 그러므로 온화한 표정, 정성과 진심, 겸손과 배려를 생활화하여, 높은 인격을 갖추기 바랍니다.

4. 의(義)롭고 깨끗하게 산다.

가장 포괄적인 내용인 국가 윤리로서 옳은 일인 '의'를 강조하여 우리 나라의 전통 사상인 '선비 정신'으로 살아야 한다는 것을 강조한 것입니다.

※ 자기 가정의 가훈을 만들어 실천하면 좋겠네요.

※ 부록 '9가지 몸가짐과 표정'을 참고하세요.

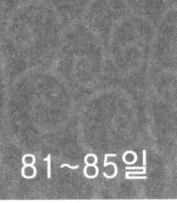

몸가짐과 표정을 관리하자

| Ⅳ 부록 |

1. 아홉 가지 몸가짐

(1) 머리는 바르고

(2) 눈은 단정하고

(3) 말은 신중하고

(4) 소리는 나직하고

(5) 숨소리는 고요하고

(6) 얼굴빛은 온화하고

(7) 손은 공손하고

(8) 발은 무겁고

(9) 서 있는 모습은 품위를 갖추어야 한다.

표정은 대인관계에 있어서 자기를 나타내는 첫 단계입니다. 상대는 나의 표정을 보고 나를 알게 됩니다.

그러므로 원만한 인간 관계는 예스러운 표정을 짓는 데서 출발합니다.

2. 얼굴 표정

⑴ 몸가짐에서 가장 중심이 되는 곳은 그 사람의 얼굴 표정이다.

⑵ 항상 온화하고 미소짓는 얼굴은 상대방까지 밝은 표정으로 이끌어 주게 된다.

⑶ 그러나 얼굴 표정은 때와 장소에 따라 알맞게 지어야 한다.

3. 눈의 표정

⑴ 특별한 경우가 아니면 눈은 많이 움직이지 않는 것이 좋다.

⑵ 남의 이야기를 들을 때에는 이야기하는 사람의 눈을 똑바로 바라본다.

⑶ 어른 앞에서는 다소곳한 표정이 좋다.

⑷ 이야기를 들으며 먼 산을 보거나 한 눈을 팔면 관심이 없는 것처럼 보여 결례가 된다.

⑸ 곁눈질과 아래위를 훑어보는 태도는 좋지 않다.

⑹ 흘끔흘끔 보는 것도 상대방에게 불쾌감을 준다.

(7) 대화를 나눌 때 그 사람 앞에서 시계를 자주 보면 가 주었으면 하는 뜻이 되므로 삼가야 한다.

4. 입의 표정

(1) 입은 자연스럽게 다물고 있어야 한다.

(2) 하품할 때나 식사 후 부득이 이쑤시개를 사용할 때에는 손으로 가리고 한다.

(3) 말하면서 껌을 질겅질겅 씹는 것은 좋지 않다.

(4) 입을 벌리고 있거나, 쑥 내밀고 있는 것, 혀를 내밀거나 하는 행위를 삼간다.

(5) 말할 때마다 입을 가리는 것은 열등 의식을 가지고 있다는 인상을 주므로 조심해야 한다.

사람답게 살기 위해 학문에 힘쓰라

| Ⅳ-다-1 사람답게 살기 위해 학문에 힘쓰라 |

인간답게 사는데 가장 중요한 것이 바로 지식입니다.

호은 종가(조지훈 가문)에서는 "죽을 먹더라도 유학을 보내라"라고 했습니다.

선각자들은 모든 분들이 학문을 게을리 하지 말라고 경계하였습니다.

영국의 역사학자인 토인비는 이런 말을 했습니다.

"인간의 특성 중의 하나는 실리와는 무관한 호기심을 가진 점이다. 인간은 진리 그 자체를 위해 진리를 발견하려는 충동을 가지고 있다."

여기서 토인비는 진리 탐구는 인간의 즐거움이라고 하였습니다.

『내 인생을 바꾼 아버지의 한 마디』의 여러 곳에서 강조하였
으니 참고하세요.

※ 이 부분부터는 설송 가문의 7계명을 설명한 것입니다.
　　참고하시고 자기 가문의 계명을 만들어 실천하면 어떨까요?

주인으로 살아라

| IV-다-2 주인으로 살아라 |

　나그네가 아닌 주인으로 살라고 도산 안창호 선생은 권하였습니다.

　주인으로 사는 게 성공의 비결이고 즐거움을 누리고 살 수 있습니다.(인간의 본성)

　직장에서도 사회에서도 주인으로 산다면 틀림없이 성공할 것입니다.

　여러번 토론하여 생활화하기 바랍니다.

한국인으로 신앙을 가져라

| IV-다-3 한국인으로 신앙을 가져라 |

미국 사람이 아닌 한국 사람으로 한국의 정체성과 주체성을 가지고 세종대왕과 이순신 장군을 존경하면서 신앙 생활을 해야 합니다.

가정 교육, 학교 교육, 사회 교육 등 모두 바로 서지 못하고 흔들리고 있습니다. 그래도 믿을 수 있는 건 신앙 생활(성경-기독교의 성서, 불교의 대장경, 유교의 사서오경, 회교의 코란 등)입니다.

신앙 생활을 통해서 인격의 수양도 가능합니다.

담력은 크게,
마음가짐과 행동은 세심하게 하라

| IV-다-4 담력은 크게, 마음가짐과 행동은 세심하게 하라 |

膽欲大而心浴小하고 知欲圓而行欲方이니라

담욕대이심욕소   지욕원이행욕방

손사막(당나라 의사)

담력은 크게 갖고 마음가짐과 행동을 세심하게 하는 것이 성공에 반드시 필요합니다.

일상생활에서 수련해야 합니다.

저명한 사람과 순수한 사랑으로 교류하며 살아라

| IV-다-5 저명한 사람과 순수한 사랑으로 교류하며 살아라 |

살다보면 실의에 빠져 괴롭고 외로움에 빠질 때가 있습니다. 이럴 때에 "마음을 털어 놓고 싶은 사람이 있으면 얼마나 좋을 까."라는 것은 사람이면 누구나 경험해 보았을 것입니다.

이럴 때는 마음을 털어 놓고 하소연할 수 있는 저명인사를 사귀어 살라는 것입니다.

자신보다 여러 면에서 수준 높은 사람들이 많이 있을 것이고 그 플라시보 효과(Placebo effect, 가짜 약을 먹어도 심리적으로 효과가 있을 것이라고 생각하면 실제로 치료 효과가 나타나는 것) 중에서도 남 들이 알면 깜짝 놀랄 사람과 교류하며 살라는 것입니다.

서로 순수한 마음으로 이해타산을 따지지 말고 인간다운 면을 최고로 발휘하여 교류해야 합니다.

괴롭고 외로울 때 나를 잘 이해해 주는 "그 사람은 틀림없이 나를 이해할 거야."라는 사람이 친구이고, 또 그런 친구가 되어 주는 것이 얼마나 멋진 인생입니까?

그렇다면 하루 빨리 실천에 옮겨 보세요.

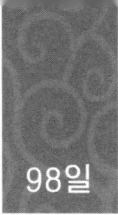

의미있는 성인식을 행하라

| IV-다-6 의미있는 성인식을 행하라 |

자식이 초등교육을 마치는 겨울방학에 성인식을 합니다.

성인식은 아동기를 거쳐 청소년기 초에 있는 자식에게 자부심과 용기를 심어 주어 인간다운 삶을 누리도록 하기 위함입니다. 결혼식에 버금가는 행사로 자식들의 장래를 위해 멋진 행사가 되어야 합니다.

성인식은 성인식 가례(家禮)에 맞춰 의미 있고 엄숙하게 하면 자라나는 아이들에게 한 사람의 인간이 되는 것이 어떤 것인지 느끼게 해줄 것입니다.

자신의 가문에 맞는 가례안을 만들어 실천해 봅시다.

100일

백년해로 하라

| IV-다-7 백년해로 하라 |

전혀 다른 가정에서 자란 한 남자와 여자가 서로 사랑을 하게 되어 부부의 인연을 맺은 후 평생을 함께 살아가는 것을 우리는 백년해로라고 합니다.

그러나 주변에서 백년해로 하고 있는 부부는 얼마나 될까요? 안타깝게도 우리 사회는 백년해로 하는 모습을 쉽게 찾아볼 수가 없습니다. 이따금 방송을 통해 시골의 노부부가 백년해로 하는 훈훈한 모습을 보여 줄 정도입니다.

경제적인 어려움이나 성격 차이 등으로 가정이 해체되는 일들이 일어나곤 합니다. 가정이 해체되는 경우 당사자인 부부가 상처를 받는 것은 물론이고, 주위의 가족들 또한 깊은 상처를 받게 됩니다. 특히 사랑해서 낳은 자식들은 자신의 의지와 상관없이 가족이 해체되는 환경에 놓이게 됩니다.

인간 본연의 순수한 자세로 돌아가 봅시다. 남자와 여자로 세상에 태어나 서로 사랑해서 결혼하였습니다. 그러나 서로 다른 환경에서 살았기 때문에 한 가족으로 살게 되면 당연히 의견 충돌도 있을 것이고 티격태격하면서 두 사람의 새로운 가정을 만들어 가는 것입니다.

가정이라는 것은 누가 대신 완벽하게 만들어 놓고 그 안에서 누리면서 살 수 있는 것이 아닙니다. 가정은 가족 구성원 모두가 서로 사랑과 믿음으로 감싸 주고, 희생과 배려하는 마음이 모아질 때 의미있는 모습으로 완성되는 것입니다.

한 가정을 이루면서 중요한 것은 나 자신보다 상대방을 더 사랑해야 한다는 것입니다. 자신보다 상대방을 더 사랑한다는 것은 참으로 어려운 일이지만 이상적인 사랑을 하면서 사는 노력을 해야 행복한 삶을 누리게 되는 것입니다.

성경 고린도전서 13장 '사랑과 은사'를 실천하라고 권합니다. 그렇게 하면 틀림없이 행복해질 것입니다.

두란노 아버지·어머니 학교, 부부사랑 교육 등을 통해서 사랑하는 방법을 배우세요. 틀림없이 더 멋진 인생을 살게 될 것입니다.

언론에 이혼 사례가 공개될 때마다 화제로 삼아 토의하여 가치 체계를 확립해 봅시다.